Eugene O'Neill

序言

郭继德

郭继德（1941—2020）

山东单县人，1965年毕业于山东大学外文系英语语言文学专业，后留校任教。二级教授、博士生导师，曾任山东大学外国语学院院长、山东大学美国现代文学研究所所长等职，为尤金·奥尼尔研究会（美国戏剧委员会前身）主要发起人。研究重点是英美加文学和西方戏剧，发表论文百余篇，著有《美国戏剧史》《加拿大英语戏剧史》《20世纪美国文学：梦想与现实》《当代美国戏剧发展趋势》等专著，主编《美国文学研究》（1—10辑）、《奥尼尔文集》等图书，译有《诗人的气质》《发电机》《堕落之后》等。

尤金·奥尼尔（Eugene O'Neill, 1888—1953）是美国著名悲剧作家，是现代美国戏剧的奠基人和缔造者。他四次获得普利策戏剧奖，并于一九三六年荣膺诺贝尔文学奖，这使之跻身世界剧坛，并标志着美国戏剧的成熟。奥尼尔之所以受到世界剧坛的青睐，主要是由于他在悲剧创作方面取得的卓尔不群的成就。他是一位多产作家，孜孜不倦地笔耕，一共写了五十余部剧作，几乎全是悲剧，其写作题材之新颖、涉及的领域之广阔、揭示的哲理寓意之深邃，以及艺术风格之璀璨多彩，在美国戏剧史上是绝无仅有的。奥尼尔敢于独辟蹊径，善于博采众长，对戏剧艺术进行了大胆的实验和创新，从多种视角展示了他对人生真谛的探索和对戏剧艺术的执着追求，颇有超前意识。他的创作历程和成就为后人留下了宝贵的财富,为美国戏剧的发展做出了杰出的贡献,被评论家称为"美国的莎士比亚"是当之无愧的。

一

奥尼尔早期戏剧创作风格基调是现实主义的,但自然主义色彩非常浓酽,这跟他的人生经历有关。他年轻时代思想比较活跃,深受杰克·伦敦、约瑟夫·康拉德等一些现实主义作家写作风格的影响。他相信德国哲学家尼采的说法,"上帝死亡了",自己摈弃了宗教,陷入了信仰危机,希望通过写剧找出驾驭世界的神秘力量。他有丰富的海上生活经历,便以写大海开始了自己的创作生涯。他一九二〇年以前创作的十几部独幕剧和七部多幕剧中有十二部直接以大海为背景或跟大海有密切关系,这类剧本反映了人与大海的搏斗,即人与大自然的冲突。

他把大海看作是一种令人望而生畏的神秘力量，颇像是上帝的替身，因而大海成了他剧中描写的重要对象。但人在狂暴凶猛的大海面前显得十分渺小，跟它抗争无异于以卵击石，是注定要失败的，必然酿成一幕幕悲剧。

奥尼尔的独幕剧《东航卡迪夫》(1916)、《归途迢迢》(1917)、《在交战区》(1917)和《加勒比群岛之月》(1918)被称为航海四部曲，反映出作者受宿命论的影响，认为大海是命运的象征，因而剧中人物颇像古希腊悲剧的人物一样无法摆脱命运的安排。三幕剧《天边外》(1920)是他第一部成功的戏剧，首次赢得了普利策戏剧奖，使他声名鹊起，奠定了他作为重要剧作家的地位。该剧写梅约家两兄弟对人生道路错误的选择导致的恶果。安德鲁生性是"农家的孩子"，但随舅舅到海外闯事业失败了；大学生弟弟罗伯特憧憬着天边外的美好生活，但却跟邻家姑娘露斯结成伉俪，留下务农，结果田园荒芜，夫妻之间发生龃龉，自己又患肺病，但他欣然面对死亡，还说："那不是终点，而是自由的开始——我的航行的起点！"该剧是一出现实主义悲剧，剧中写了契诃夫作品中出现过的生活走下坡路和希望受挫等主题，衰败和死亡成了他常写的主题；其次，奥尼尔沿袭了戴维·贝拉斯科[1]的"照相"式现实主义传统，对布景做了细腻的描写，又赋予它更多的象征意义。

在写大海的剧本中，《安娜·克里斯蒂》是最有代表性的，该剧一九二一年上演，翌年获普利策戏剧奖，进一步确立了奥尼尔在美国戏剧界的地位。该剧通过写克里斯一家几代人以航海为生的不幸遭遇（父亲、两个兄弟和两个儿子都是大海的受害者）表明，神秘莫测的大海驾驭着人类的命运，时刻威胁着人类的安全，甚至不停地吞噬着人们的生命，但是人无力跟大海抗争。已是风烛残年的老船长克里斯饱尝了海上生活的艰辛，终身是大海的奴隶，憎恨大海，但又离不开大海，因为大海成了他饱经人间沧桑的象征。女儿安娜跟父亲的看法迥异，恨陆地而热爱大海。因她五岁时就被父亲寄养在美国中西部地区一

---

1. 戴维·贝拉斯科（David Belasco，1853—1931），美国戏剧制作人、导演、剧作家，为营造现实、自然的舞台场景，在舞台灯光和特效方面革新颇多，影响深远。

位亲戚家里,被表兄奸污后沦为妓女,走上了沉沦的生活道路,陆地成了她"堕落"的地方,她认为大海是自由天地,能使她洗刷掉过去的耻辱,这也是她不顾父亲的再三阻挠,决心要嫁给被父亲救起的水手马特的真正原因。马特获得了新生,获得了爱情,还有了归宿。是大海把他们三个人紧紧地箍在了一起。这一对情人满怀信心和乐观情绪来迎接大海和未来命运的挑战。但是老船长对未来却是忧心忡忡,心情异常沉重,正体现了作者的忧虑。如奥尼尔所说:"这儿大团圆的结局只不过是位于一个介绍性从句之前的一个逗号,句子的主要部分还没有写出来呢。"[1]因为大海对老船长和女婿是吉是凶还是一个未知数。奥尼尔把世界看作是一个被雾笼罩着的世界,大海和雾交织在一起,构成了奥尼尔剧中神秘世界的重要象征,在后来的剧中多次出现,他笔下的五彩缤纷的人物就是在这样一个扑朔迷离的世界中挣扎,甚至毁灭。

1. 见《乔治·琼·内森论戏剧》(纽约市:伊萨科·戈德伯格出版社,1926年)第154页。

二

奥尼尔中期的戏剧创作无疑深受西方现代主义文学思潮的冲击和启迪，从二十世纪二十年代初期开始"脱离"或者说力图突破现实主义戏剧传统的桎梏，写各种实验型悲剧，或者叫探索型悲剧，从多种不同的视角对人生真谛进行多层次的探讨。奥尼尔在他戏剧创作的黄金时期里匠心独运地写了大量表现主义悲剧、心理分析悲剧和信仰探索悲剧。他的剧本接踵而至，一个一个地被搬上舞台，使观众眼花缭乱，应接不暇，美国戏剧的面目为之一新。

奥尼尔写的表现主义剧作是一组颇有影响的探索型悲剧。表现主义戏剧是欧洲的舶来品，它的崛起是对现实主义戏剧模式第一次较大的冲击和突破。奥尼尔是最早受其影响的剧作家之一，特别是从表现主义拓荒剧作家奥古斯特·斯特林堡的剧作中汲取了营养，创作了多部表现主义戏剧，通过扭曲现实，打破时空观念，将人物内心世界赤裸裸地展现在舞台上，曲折地揭示社会本质，寻觅人生价值。《琼斯皇帝》（1920）是美国最有影响的表现主义代表作之一，是一出现代人生悲剧。它写一个黑人逃犯琼斯的兴衰史，即他潜逃到西印度群岛，成了当地黑人的皇帝，但他暴戾恣睢，当地人揭竿起义，他惊慌失措，逃进莽林之中，最后被追捕者杀死，造成一场悲剧。该剧鞭辟入里地抨击了美国社会人妖颠倒的黑暗现实，因为"小偷小摸早晚让你锒铛入狱，大搂大抢，他们就封你当皇上，等你一咽气，他们还会把你放在名人堂里"。剧本还揭示了西方社会中，贪婪和权欲导致毁灭的这一严峻现实。作者通过一系列幻觉或者说梦魇来揭示主人公的内心世界和他的坎坷经历，全剧共分八场，第一场和第八场是现实的，其余六场是虚幻的，即梦魇似的，但它却更加逼真地揭示出琼斯一生的辛酸、痛苦、恐惧和绝望情绪，从而进一步说明人类的权力欲望会使人丧失理智。这种写作方法突破了奥尼尔早期剧作中以写实为主的创作模式。作者还受荣格的"集体无意识"学说影响，把一个文明黑人退回到非洲莽林中的野蛮人，更进一步展示了琼斯，确切地说是人类原始思想的真面目。他不再仅仅是黑人种族的代表，而是全人类的代表，这正是奥尼尔写这个剧本的宗旨所在。另一部表现主义杰作《毛猿》（1922）通过写司炉工扬克的悲惨遭遇，提出了普通劳动者在西方社会中没有"归宿"这一重要社会问题，他只身跟整个国家机器对抗，必然以失败告终。奥尼尔在《上帝的儿女都有翅膀》（1924）一剧中，以超越时代的笔触，写黑人与白人通婚题材，写这种在当时舆论界看来是不合时宜的，甚至被认为是"大逆不道"的结合所造成的悲剧。在该剧中和在《大神布朗》（1926）中，奥尼尔娴熟地运用了面具等表现主义手法，使人物更形象化，更有普遍意义，如奥尼尔所说："扬克的确就是你自己，就是我自己。他代表着每一个人。"[1]

奥尼尔的另一组悲剧深受现代心理学说影响，主要是弗洛

---

1. 托比·科尔编：《剧作家论戏剧创作》（纽约市：希尔与王氏出版社，1961年）第236页。

伊德精神分析学说的影响，从另一个崭新的角度探讨人生哲理。他的这类剧作多不直接涉猎重大社会问题，而是以自己的独特方式探讨社会的病态，即通过对人的激情和性本能的分析，找出产生悲剧的根源。奥尼尔在《榆树下的欲望》（1924）中别出心裁地通过写乱伦题材，写财产占有欲的危害和造成的恶果，成功地创造了一种近乎亚里士多德式的怜悯和恐惧的悲剧氛围。剧中伊本跟继母爱碧感情甚笃，生了一个儿子，但爱碧的目的是为了继承丈夫的家产，后来又为了证实自己对伊本的爱情的纯真而杀死了儿子，说明她的情欲（也可以说是要冲破清教主义思想束缚对真正爱情的渴求）超过了对农场的占有欲，导致了她个人和这个家庭的毁灭，使剧本有了明显的社会意义。《奇异的插曲》（1928）一上演便获得非凡成功，为奥尼尔第三次赢得普利策戏剧奖，但因为剧中写了流产、通奸和同性恋等题材而颇遭訾议，在波士顿遭到禁演。该剧通过精神分析来剖析人物的内心世界，下意识或者说潜意识是剧中故事发展的主线，主要通过写女主人公尼娜跟几个男人（父亲、丈夫、情人和儿子）之间的复杂关系，淋漓尽致地刻画了尼娜的自私和情欲，即尼娜不惜充分利用或者占有她碰到的所有男人来达到满足个人私欲的目的，因为她有妖艳女人那种迷人的魔力，不同类型的男人都被吸引到她身边。从某种意义上说，剧本揭露和讽刺了金钱的万能，即金钱能买得爱情，买得科学，只是由于作者把大量的笔墨用在对人生中强烈情欲的描写上，冲淡和掩盖了其社会意义，因而受到了指摘，认为奥尼尔"政治和经济理论中得出的社会原因意识匮乏"，导致他跟"福克纳一样，认为要通过外力改造当代世界不是一朝一夕能取得成功的……正是这个原因，使这两位作家都脱离了三十年代美国思想的主流"。[1]《悲悼三部曲》(1931) 成功地运用了古希腊悲剧模式，对现代生活进行了精神分析，获得非凡的成功，使作者名闻遐迩，成为获得诺贝尔文学奖这一殊荣的主要依据之一。剧中孟南家庭里不少人受着这种或那种情结的折磨，莱维妮亚的

---

1. 弗吉尼亚·弗洛伊德：《尤金·奥尼尔：世界各地的观点》（纽约市：翁加出版社，1979年）第168页。

恋父情结和奥林的恋母情结都十分明显，奥林后来跟姐姐的"亲昵"关系可说是他早期恋母情结的再现，是乱伦意识在继续作祟。情欲成了人们生活的主要内容和目的，家庭成员之间不正常的激情使他们的关系失去了常态，象征着清教主义传统的孟南大家族在妒忌、情杀和复仇的搏击中毁灭了。作者以美国内战为背景，将古希腊神话跟美国神话有机地结合起来，给他的精神分析增加了力度和深度。

奥尼尔于一九〇六年宣布不再信仰天主教之后，一直试图找出新的上帝，在戏剧创作中坚持写寻觅信仰主题，创作了一组信仰探索悲剧。他自少年时期就对东方，特别是对中国有强烈的好奇心，认为那里是一个美好而神秘的地方。一九二八年十一月的上海之行虽然使他有些失望，但他对中国古代哲学和宗教的兴趣甚浓。在他的《泉》(1925)、《天边外》、《马可百万》(1928)、《拉撒路笑了》(1928)等剧中都有道家思想影响的蛛丝马迹，其中的不少人物有"归真返璞"的出世思想，有"夫物芸芸，各归其根"的思想倾向。显然，道家的循环回归思想在这里起了作用。奥尼尔计划写的三部曲《上帝死了!什么该称万岁?》题目本身就凝练地概括出了他的思想探索历程。第一部作品《发电机》(1929)中的主人公鲁本认为,在当今这个无神的世界里,发电机是上帝的化身,但他的献身精神并没有感动电上帝。第二部作品《无穷的岁月》(1934)的主人公在圣母玛利亚塑像前为信仰献身,表明作者从超自然界来寻觅信仰了。由于头两部作品上演失败,奥尼尔的信仰探索三部曲夭殇了,他的信仰探索悲剧创作便从此辍笔,中期的实验悲剧创作也就结束了。

三

奥尼尔后期的剧作是他戏剧创作的一个新高峰,即他的现实主义戏剧创作达到了巅峰。他经过中期对人生的多方位探索之后,对人生的理解更加深刻了,开始从对人内心世界进行精神分析、对大自然进行探讨的历程中回到现实中来，通过对家庭这个最小社会单位的解剖，来认识整个社会，即以家庭的悲剧来影射社会的悲剧。他这个阶段的剧作写实性加强了，故事情节相对削弱了，但象征意义更加突出，对人生的见解更加精辟，戏剧艺术更臻成熟。

奥尼尔沉默了十二年之后，于一九四六年公演了《送冰的人来了》。它写一帮命途多舛的社会的弃儿，栖身在一个小酒店里，借酒浇愁，等待着死亡的来临，反映了他们对前途命运的绝望情绪，栩栩如生地勾勒出美国下层社会生活的一个侧面。一九四七年在底特律首演的《月照不幸人》是一部自传性很强的现实主义悲剧，写哥哥詹米的痛苦人生经历和悔悟，因为剧中把母亲和妓女摆在了同一个句子里，被官方认为有伤风化，受到审查，引起一场轩然大波。《进入黑夜的漫长旅程》是奥尼尔最杰出的一部现实主义悲剧。根据作者遗嘱，该剧得在他逝世二十五年之后才能上演，后来得到了他的遗孀卡洛塔的同意于一九五六年二月十日在瑞典皇家剧院首演，获得成功，使他的声誉东山再起，在美国和世界各地掀起了一股上演和重新评价奥尼尔戏剧的热潮，还为他第四次赢得普利策戏剧奖。因为奥尼尔以他那生花妙笔通过该剧将自己一家人之间的真实情况，即爱与恨交织的复杂微妙的关系公之于世，作者描写自己家庭隐秘的坦诚令人瞠目，自传的真实程度超过他过去的任何一个剧本，为戏剧评论界解读奥尼尔戏剧中的自传性提供了一把钥匙。

奥尼尔晚年忍受着身体疾病痛苦的折磨与心灵上的煎熬（跟妻子卡洛塔感情不和），实施两套写作计划，除了前面提到的自传性剧作之外，再就是写关于美国一七七五年至一九三二年期间发迹史的连台戏《占有者自剥其身》，抨击人的自私和贪婪，正像一位评论家说的："贪婪主题贯穿这套连台戏的始终，就是要充分展开它，并要有结果。连台戏虽然主要写的是一个美国家庭的故事，但更是要写美国的历史。"[1] 同时还抨击了物

---

1. 见1948年3月13日《纽约客》第40页，哈米尔顿·巴索的文章《悲剧意识》。

质主义的坏影响，如奥尼尔在一九四六年接受记者采访时所说的："如果一个人赢得了整个世界而失去了自己的灵魂，那对他还有什么益处？我们却正是这样做的。"[1]该连台戏原计划写十一个剧本，但他没有完成，又坚决不乐意让这些没有写完的剧本在他死后被上演和出版，更不想让他人"狗尾续貂"，便把未完成的手稿烧毁了，这无疑是美国戏剧的重大损失和缺憾。《诗人的气质》(1957)侥幸免遭火焚。它是这组连台戏的第五出，是一部优秀的现实主义剧作，通过描写出身"高贵"的梅洛迪少校最后心甘情愿地做一个邋遢的小店主的思想变化过程，充分地展示了爱尔兰文化与美国文化的冲突与融合主题，是奥尼尔戏剧创作深受爱尔兰文化影响的又一例证。奥尼尔一九四六年曾对儿子尤金说："最能表明我的特点的是，我是爱尔兰人，然而非常奇怪的是，一些研究我和我的作品的学者却恰恰忽视了这一点。"[2]这给解读奥尼尔和他的戏剧作品又提供了一个新

---

1. 约翰·盖斯纳：《奥尼尔评论集》（新泽西：普伦蒂斯－霍尔出版社，1964年）第167页。
2. 弗吉尼亚·弗洛伊德：《尤金·奥尼尔的剧作》（纽约市：翁加出版社，1987年）引言第20页。

的视角。

尤金·奥尼尔一生的戏剧创作成就卓著，还写了一些诗歌，发表了不少戏剧评论文章，是一位有世界影响的作家。中国从二十世纪二十年代就开始评介奥尼尔的戏剧创作，到二十世纪八十至九十年代，对他的研究越来越深入，不少剧作被搬上中国舞台，被翻译出版的剧作也日益增多。二〇〇六年八月人民文学出版社出版的六卷本《奥尼尔文集》是全国奥尼尔剧作研究工作者集体努力的结果。这是迄今为止，国内汇集奥尼尔剧作（44个剧本译文）、诗歌以及戏剧论文译文最多的文集。有位出版社编辑建议我编辑出版《奥尼尔全集》中文版，我感到条件不成熟，因为美国尚没有出版"全集"，我们中国不敢贸然行事。前些年，美国又发现了奥尼尔一个"失传"的剧本《驱魔》（*Exorcism*），谁又能保证他还有没有没被发现的"失传"剧本呢！现在，人民文学出版社的编辑同志要把奥尼尔的获普利策戏剧奖的《天边外》（*Beyond* the Horizon)、《安娜·克里斯蒂》("Anna Christie")、《奇异的插曲》(Strange Interlude)和《进入黑夜的漫长旅程》(Long Day's Journey into Night)四部剧作编辑成册出版,这很好。这四部力作写成于不同的时期,从不同的角度对人生真谛进行深入探讨,展示了作者炉火纯青的写作技巧、丰富多彩的戏剧艺术风格和大无畏的开拓精神,对了解和研究奥尼尔的戏剧创作的精邃具有重要意义。

郭继德

二〇一八年十一月二十六日于济南

尤金·奥尼尔

(Eugene O'Neill, 1888—1953)

Beyond
the
Horizon

瞧！小山外面不是很美吗？我能听见从前的声音呼唤我去——这一次我要走了。那不是终点，而是自由的开始——我的航行的起点！我得到了旅行的权利——解放的权利——到天边外去！

——罗伯特·梅约

引自《天边外》
荒芜 译

"Anna
Christie"

又在埋怨海了吗?我虽然看到的还不多,却渐渐地爱上它了。

——安娜·克里斯托弗森

引自《安娜·克里斯蒂》

欧阳基 译

Strange
Interlude

唯一活着的生命存在于过去、存在于未来。现时只是一个插曲——一个奇异的插曲，在这里我们呼唤过去和未来，请它们证明我们是活着的！

——尼娜·利兹

引自《奇异的插曲》
邹惠玲
郭继德 译

什么都不久长，眼泪，欢笑，

爱，欲，恨：

过了死亡之门，

我们与什么都不再有缘分。

引自《进入黑夜的漫长旅程》 欧阳基 译

什么都不久长，红酒和玫瑰的日子：

从朦胧的梦幻里

我们的生命之路一度显现，

转瞬又消逝于梦幻。

——出自英国颓废派诗人欧内斯特·道森之诗
《人生短暂，苦日无多》

Long Day's
Journey
into Night

Eugene O'Neill